ELAZAR BENYOËTZ

DIE ZUKUNFT SITZT UNS IM NACKEN

Carl Hanser Verlag

ISBN 3-446-19863-6

Satz: Fotosatz Reinhard Amann, Aichstetten
Druck und Bindung: Clausen & Bosse, Leck
Printed in Germany

Wem macht es nicht Kummer,
daß der Mensch wie früher aussieht
und nicht mehr wert ist als heute
Lope de Vega

Die Feder in Schamröte getaucht
und ins Schwarze getroffen
Lazarus Trost

ALLES IN ETWA
UND
ALLES IN ALLEM

Staub,
auf dem Staube wohnend,
befasse dich mit deinem Staub
Mar Ephräm

Das Leben
wächst mit seinen Schatten,
doch nur bei Licht besehen
Sahadutha

Wir nehmen uns vor
und kommen nicht nach,
machen einen Schritt
und legen den Weg zurück:
Die Zukunft
sitzt uns im Nacken

Alles hat es schon gegeben,
alles gibt es also nicht;
aber die Vergangenheit
blüht uns noch

Alles Endliche
ist nicht endgültig

Perfekt ist inhuman
und kunstwidrig

Das Wesentliche –
ein Nichts,
wahrgenommen

Das vollendete Kunstwerk –
eine gesegnete
Fingerübung

Das Vergebliche
reicht am weitesten

Das Wenige
läßt sich gut behalten
und gut verteidigen,
aber auch leicht verschmerzen,
denn es ist ja nicht viel

Sinn –
der Klang eines
fallengelassenen Wortes

Bedeutungen
sind Umwege des Wortes
zum Sinn
unseres Daseins

Setzt sich die Bedeutung,
erhebt sich der Sinn

Das Sinnlose
wird seine Bedeutung
immer behalten

Ich weiß,
wovon ich spreche,
aber nicht, was ich damit sage

Auch
nach sich selbst
muß man seine Fühler
ausstrecken

Auch
gegen sich selbst
bleibt man im Unrecht

Auch
aneinander vorbei,
ist genau orientiert

Verlegenheit zeigt,
wie wenig vertraut
man mit sich selber ist

Zur Offenheit
muß man sich entschließen

Die Einsicht,
die man gewährt,
hat man gewonnen

Das Wissen vom Menschen
schließt den Nächsten nicht ein

Was für den Menschen spricht,
ist einzig seine Rede

Man hat
wenig zu sagen,
wenn man nicht viel
zu beichten hat

Man lernt
von einem Menschen
mehr, als er wissen kann

Man kann
nur besser spielen,
nicht besser gewinnen

Man macht
sich nicht umsonst
verdient

Auch
Versäumnisse
sind Unternehmungen

Auch
Redlichkeit
endet im Versagen

Die Unlösbarkeit vieler Probleme
rührt einzig von ihrer Faszination her

Heile Welt,
solange die Ideen
in der Luft bleiben

Die Fülle
erdrückt die Vielfalt

Es schweigt sich leichter,
als es sich sagen läßt

Es ist
leichter,
seine Schuld einzugestehen,
als seinen Anteil an ihr
zu erkennen

Daß so viele Menschen
zum Schweigen gebracht werden,
ist die große Sprachlehre unseres Zeitalters

Laß dich nicht verändern,
bleib der Andere

»Es ist vollbracht«,
ward von einem Sterbenswerk gesagt –
vollbringe nicht,
laß gut sein

Laß deine Jahre sprechen,
so brauchst du nicht
vergebens nach Worten
zu suchen

Willst du
deine Ruhe finden,
laß dich nicht beruhigen

Siehst du dich um,
siehst du dich nicht;
werde umsichtig

Was du
tun kannst,
ist immer mehr,
als du tun könntest

Du kannst
nichts Größeres leisten
als Widerstand

Was du
darstellen willst,
mußt du auch verkörpern können

Was du
nicht beseelst,
kann ich nicht beherzigen

Protestiere nicht,
deine Erscheinung sei
dein Protest

Du mußt werden,
denn du bist erwartet

Das Warten
heißt uns hoffen,
das Hoffen warten

Hoffen –
dem Kommenden Zeit lassen

Fällt man in Ohnmacht,
kommt man zu sich

Auf sich genommen –
über sich gestellt

Harmonisch –
im Einklang mit seiner Bestimmung

Seine Wenigkeit erkennen
ist keine Kleinigkeit

Die Freude
ist aufs Kommende,
die Lust
aufs Vergehende gerichtet

Man fühlt zu früh
und spürt zu spät

Für Liebe
gibt es keine Rechtschreibung

Aufreizend,
wie er ist,
findet der Körper
selten Befriedigung

Die Idee
wird von ihrem eigenen Schatten
behelligt

Verrat
ist nur im Vertrauen möglich

Das Gute im Menschen –
sein schlechtes
Gewissen

Man ist am Ziel,
wenn man sich für sich
und nicht für andere schämt

Ziel
heißt der Zwang,
sich für einen Weg
zu entscheiden

Zielsetzung
macht den Weg
zur Strecke

Nur wer das Ziel kennt,
kann sich im Weg irren

Ist der Weg zurückgelegt,
ist vom Ziel
nichts mehr zu sehen

Der Kluge leitet Schritte ein,
der Dumme unternimmt sie

Wer sich
ans Große nicht wagt,
bleibt vermessen

Der Arme lebt
von den Gegebenheiten

Nur im Lichte des Erfolgs
lassen sich Wahrheit
und Lüge eines Lebens
unterscheiden

Das Gute
wird sich ähnlich,
das Böse bleibt sich gleich

Wo nichts einleuchtet,
gibt es nichts
aufzuklären

Man kann den Menschen
über das Böse aufklären,
nicht über das Gute

Alles will
immer wieder
begründet werden:
von neu an,
nicht aber von Grund auf

Man muß nicht
immer gute Gründe haben,
auch schlechte zählen

Hat man den Grund,
braucht man die Ursache
nicht mehr

Der Grundstein
bleibt im Grunde liegen

Gott lieben –
aufbegehren

Ohne Zweifel
kommt der Glaube
nicht zu seiner Gewißheit

Wird der Glaube
glaubwürdig,
ist es sein Ende

Der Zweifel
steht nicht gegen den Glauben,
sondern hinter ihm

Der Überzeugte
glaubt nicht mehr;
Skeptiker aber
sind Besserwisser

Seine
eigene Blindheit
muß man unbesehen annehmen

Mit der Lüge
macht man sich Luft,
mit der Wahrheit
atmet man auf

Freiheit –
die Aufgabe der Aufgaben

Entschluß –
die Falle der Entscheidungen

Um Mut zu fassen,
bedarf es des Übermuts

Freude
läßt sich spielend,
Heiterkeit auch verspielend
gewinnen

Vergänglichkeit –
der erste Grund der Dauer

Sowenig wir
am Leben vorbeikommen,
so wenig kommen wir
um die Ewigkeit herum

Wir wissen,
daß wir in der Zukunft
nichts zu suchen haben,
und doch wird
unser Schritt
und Blick
auf sie gelenkt

Für die Zukunft sorgen –
für eine annehmbare
Vergangenheit

ERWACHEN, SICH VORFINDEN

Der ganze Mensch, seinem sittlichen Theile nach, ist Poesie geworden; und es kann dahin mit ihm kommen, daß er alle Wahrheit verliert und keine ehrliche Faser an ihm bleibt. Die Vollkommenheit dieses Zustandes ist ein eigentlicher Mysticismus der Gesetzesfeindschaft, und ein Quietismus der Unsittlichkeit.

Johann Heinrich Jacobi

Mit dem Erwachen seiner Erkenntnis
war Adam dem Paradies entflohen;
Gott mußte ihn heimsuchen

Der Garten Eden
war Gottes Paradies;
mit der Vertreibung Adams
verlor Er seinen Gärtner

Im Paradies hatte der Mensch
das Leben und die Zeit,
hatte nicht die Zeit seines Lebens

Der Mensch –
sein Wort,
sein Außerdem

Der Mensch zeigt sich nicht,
auch sein Gesicht
zeigt ihn nur an

Der Mensch
wurzelt im Traum,
wächst in die Wirklichkeit,
verästelt sich in der Erinnerung

Der Mensch vergeht,
es bleiben seine Jahre,
sie verlassen ihn nicht,
sie zählen weiter

Der Mensch
kann ohne Sprache werden,
nicht außerhalb der Sprache

Der Mensch
hatte das Wort,
solange er sprach,
verlor es aber,
seitdem er redete.
Und redet seitdem

Der Mensch
erwacht unter seiner Würde

Die Beschränktheit
des Menschen ist,
daß er an jedem Ding
nur zwei Seiten sieht

Das Schwankende im Menschen
ist sein Urteil,
und nur darauf
will er sich stützen

Der Mensch
wird Lügen gestraft,
seine Lüge nicht

Das Ansehen
des Menschen –
seine Maske

Maske –
die aufgesetzte
Freiwilligkeit

Die Maske
trennt vom Antlitz
das Gesicht

Das Antlitz der Wahrheit –
die Physiognomie ihrer Träger

Einen Menschen
verändern wollen –
ihn bereits verworfen haben

Eine friedliche Welt
ist nicht leichter vorstellbar
als zufriedene Menschen

Erziehen:
den Menschen zum Segen,
nicht der Gesellschaft zum Nutzen

Man sieht nur
die Folgen seines Tuns,
nicht die Erfolge seines Lassens

Kein Mensch
vermag einen größeren Platz
einzunehmen,
als er ausfüllen kann

Kein Mensch
verdient die Offenheit,
die er von anderen verlangt

Jeder hat sein Eigentliches im Sinn

Der Mensch –
ein Wort,
von Gott gehalten

Der Mensch –
ein Wort,
von Gott fallengelassen

Der Mensch
hat das Wort,
wenn Gott ihn ruft:
es ist das letzte,
mit dem er widerspricht,
das erste,
das er wieder spricht

DIE QUELLEN DER SPRACHE,
DIE QUELLEN
DES HEILS

Ohne Sprache
gäbe es alles
und weiter
nichts
Sahadutha

Sprache –
Schauplatz
des Unsichtbaren;
die in aller Munde
blühende Fantasie

Sprache –
unser
Voraustastsinn

Sprache –
das unmöglich
wörtlich zu Nehmende;
des Geistes und der Geister Vormund;
die Verantwortung des Schweigens

Die Sprache
drückt uns an die Welt

Die Sprache an sich
ist die Sprache an uns

Die Sprache bildet ein
und denkt sich aus

Die Dinge werden
von der Sprache eingenommen,
die Gedanken von ihr eingegeben

Die Sprache
erweitert die Sicht
und begrenzt die Ansicht

Sie bindet
den Verbindlichen
und löst den Erlösten

Von der Sprache
kann nicht die Rede sein

Die Sprache
schreitet fort,
wir bleiben in ihr stecken

Auch die Worte
müssen erst zur Sprache kommen

Auch die Sprache
treibt ihr Spiel mit uns

Die Sprache bestimmt uns;
wir sind nur tonangebend

Die Sprache
verzichtet in keiner Sprache
auf ihr Mitspracherecht

Die Sprache
behält ihre Glaubwürdigkeit
dadurch, daß keiner sagen kann,
was er sagen würde

Die höchste Leistung
des Geistes:
Worte in Sprache verwandeln

Jede Sprache
erhellt sich anders
und beleuchtet anders
die Sprache

Jede Sprache
hat ihren eigenen Schimmer
und das ihr bestimmte Grauen

Es gibt keine toten Sprachen,
nur menschenverlassene

Die Sprache der Propheten
war nicht auf Gefolgschaft gerichtet,
sondern auf Gehörschaffung

Die Propheten
hatten mehr Sprachraum,
wir haben nur mehr Sprache

Alle Sprachen
mußten durch den Religionsunterricht

Man wächst
in seine Sprache
bis zum Verstummen hinauf

Man entwickelt sich mit seiner Sprache, mit dem, was man gern sagen würde. Denn auch die, die nur vor sich hin sprechen können, möchten etwas gesagt haben

Hat man seine Sprache nicht,
hat man nicht sein Leben

Die Sprache – meine Burg;
die Worte – meine Bürgen

Meinen Gedanken
kann ich in meiner Sprache,
meine Idee
nur in meinem Leben
ausdrücken

Die Sprache macht mit mir,
was ich will

Was ich
durch die Blume sage,
sagt die Blume
natürlicher
durch mich

Meine Sprache –
meine Vorbestimmtheit

Meine Sprache –
meine Gegebenheit;
mein Wort – meine Ausnahme

Meine Sprache
hält mir den Tod
vom Leibe

Mein Ende –
meines Wortes Rückzug
in die Sprache

Mit mir
ist meine Zeit zu Ende,
mit meiner Sprache erst vorbei

Mit der Sprache
hört das primitive Denken auf

Die Tür zur eigenen Sprache zumachen;
durchs Nachbarfenster in sie
hineingucken

Der einen Sprache bedarf man,
um sich verständlich zu machen,
der anderen,
um sich selbst zu verstehen

Dem Druck nachgebend,
suchen wir dem Eindruck
zu widerstehen

Das fehlende Wort –
der ausgebliebene Eindruck

Das Täuschende
des Eindrucks –
seine Nachwirkung

Lange geht uns
der auf uns neugierige Eindruck
nach

Die Erinnerung
ist kein treuer Spiegel,
sie gibt aber ein wahres Bild dessen,
was sich nie widerspiegeln konnte

Der Ausgang
entscheidet über den Ansatz,
die Jahre werden in der Liebe zur Dauer,
und was wir am Ende bedauern,
das sind wir zu Anfang gewesen

Unser Ausdruck wetteifert
mit unserer
Erscheinung

Unsre Erscheinung
ist unser einziger konkreter Ausdruck,
und auch über diesen
verfügen wir nicht

Das Bild
vernichtet die Erscheinung

DENKEN –
SCHEINWERFEN

Denkbar geworden –
nicht mehr zu verbergen,
nicht mehr zu entschleiern
Sahadutha

Wort für Wort
von Mund zu Mund
vollendet sich der vage Bund
der Denkbedachten

Denken,
ein Passionsspiel

Die Lichtstrahlen,
die das Denken
in das Dunkel wirft,
werden von diesem
verschlungen

Das Denken
kann geschult,
aber nicht erlernt werden

Es gibt Dinge,
die man sich denken kann,
und andere,
die man sich erst sagen muß,
um sie denken
zu können

Behauptungen
bedürfen des Geistes,
Beweise nur des Scharfsinns

Eine geistvolle Behauptung
verzehrt alle Beweiskraft

Der Kopflose
behauptet sich

Eindeutiges Denken
kann nur gutheißen,
nicht wahrnehmen

Ein Denken,
das glaubt,
das Banale umgehen zu müssen,
wird am Ende wertlos

Strenges Denken –
strenge Wortwahl

Ein trockenes Denken,
mit Zitaten belegt

Denken
im Zweifel am Denken
ist Verzweiflung;
Glauben
im Zweifel am Glauben
ist Hoffnung

Ein rechtes Denken
geht um Gott,
ein gerechtes um den Menschen

Krisen entstehen, sobald man merkt, daß man dem eigenen Denken auch verpflichtet ist

Nachdenken
kann man auch im vorhinein

Im Gedachten
ist alles begründet,
was im Nachdenken
nur gerechtfertigt
werden kann

Nachdenklichkeit –
das versäumte Vorspiel
des Denkens

Auch Gedankenlosigkeit
ist ein Resultat des Denkens
und Nachdenkens

Auch das Undenkbare
war uns zugedacht
und abgesprochen

Zu Ende denken –
auf den Ursprung hin

Das Unmögliche
ist das Denkbare.
Dem Möglichen sind wir
mit allen Sinnen ausgesetzt

Im Gedanken zeigt sich
die Vorläufigkeit des Denkens

Gespräch –
die gegenseitige Einführung
in eine fremde Sprache

»Wenn du
mir nur zu denken gibst,
was will ich mehr!«

Denkbar – lenkbar

Meinungen
werden beteuert
und gebilligt

Meinungen
sind richtig oder falsch,
Gedanken hoch oder niedrig

Meinungen
werden gebildet;
Gedanken sind Gebilde

Der Gedanke siegt,
die Meinung entscheidet

Mein Anteil an den Dingen
ist meine Anschauung

Ich bin des Ganzen
bruchteilhaftig

Mit jedem Gedanken
irre ich vom Denken
weiter ab

LIEBE VERSCHLEIERT UND DEMASKIERT

Wir sind nur
ein Widerschein der Dinge,
die wir lieben
Sahadutha

Wir sind nicht imstande,
rein gefühlsmäßig ein Gefühl
am Leben zu erhalten
Sahadutha

Liebe –
der auf Gott
eingeschworene Geist

Liebe
schließt noch
das Ausgeschlossene ein

Liebe
wächst nach und nach
und auch
im nachhinein

Liebe
fordert das Zeitliche,
das sie segnet

Das Unbegreifliche
geben wir als Liebeserklärung
weiter

Der große Rest,
der in der Liebe nicht aufgeht,
geht in die Dichtung ein

EIN WORT FÜR SICH IST UNDENKBAR, IST DICHTUNG

Was aller Beschreibung spottet,
ist Poesie

Treffpunkt Scheideweg

... lehrt und beschreibet nicht!

Hölderlin

Was haben wir von der Vollständigkeit in Kunst, Literatur und Geschichte, von der ganzen, an die lebendige göttliche Offenbarung angehängten Wissenschaft?
Ein losgerissenes Dichterwort, das wir nur ahnend verstehen, wie kann es oft die Seele erschüttern.

Ricarda Huch

Das Schweigen
mit nur wenigen Worten
ausbreiten

Worte,
des Aufhebens wert,
fallenlassen

Mit allen Worten
im Streit liegen,
mit einem jeden Wort
für sich
Frieden schließen:
So wird
das Gedicht
geboren

Zwei Silben,
wortfest gemacht,
diesseitsdicht

Ins Wort
abfärbende
Seelenkunde

bleiblich beleibt

Redewendend
kehre ich mich hervor;
jedes Wort verspricht sich mir
als Dichtung
und schließt in sein Versprechen
mich ein

Anderes sagen,
immer anderes,
und dabei
immer
das gleiche treffen

Dichten,
den Verheißhunger der Worte
stillen

Wie viele Bilder werden dabei herausgeworfen,
wie viele Buchstaben gekrümmt

Jede Zeit
hat ihr Zeitwort,
in dem sie sich
begreift

Jede Zeit
hat ihre Verspätung,
auch das Gedicht,
denn Worte werden
zu lange gehalten

Das Gedicht wendet sich an die Zeit, die es richtet,
und richtet sich an die Zeit, die es wendet

Ein Gedanke zu seiner Zeit –
in seiner Sprachstunde

Der Reim
nimmt den Gedanken
ins Kreuzverhör

Kritik der Sprache
ist ein Bei-Spiel
jedes Gedichts

Ohne Einsatz keine Spur

Dichten ist Existenzart,
Daseinsart,
Denkart.
Dichter sein heißt nicht,
Gedichte schreiben,
doch kann das nur jemand wissen,
der auch im Schreiben Dichter war

Ein Tropfen Schweigen in einem
kristallklaren Wort

Sagenhaft, unberedt,
geht es in die Dichtung über

Ein Wort,
der Sprache entgleitend,
wie einst dem ersten Mund
ein silbentreuer
Zungenschlag

Das Wort,
im Schweigen gehalten,
wird mit diesem gebrochen

Von der Sprache kommend, kennen wir das Schweigen nur als Ausdruck.
Die Eindringlichkeit des Schweigens hängt von dessen Buchstäblichkeit ab

Das Gedicht –
Bruchstelle des Schweigens

Die Sprache,
sich selbst
durchs Wort suchend

Silbengestöber

Ich spitze meinen Bleistift, bis er den leichtesten Druck nicht mehr verträgt, und beginne zu schreiben. Auf den Satz gekommen, war's ein Tag. Unterwegs habe ich Worte verloren. Ich buche die Verluste, hacke die Nacht klein, Späne fliegen, Schwäne landen. Das Gedicht macht sich davon

In sich gehende Sicht,
aufgehender Mond,
zu sich kommende Nacht

Beim Dichten kommen die Worte als Erinnerungsstücke hervor, nehmen ihren Platz in den Regalen ein und werfen ihr Licht. In diesem Licht kann ich für sie schreiben, für meine Worte. Erheben sie sich, bin auch ich davongetragen

In jeder Dichtung gibt es Worte, die als Selbstbildnisse des Dichters erkannt werden wollen; im Dichten selbst aber prägt sich das Bewußtsein der eigenen Abwesenheit

Von der Sprache erbaut
und
Wort für Wort zerstört

Welt nach innen verlegt
und
verlegen
geäußert

Ich finde das Wort für die Sprache,
das Wort für das Wort
finde ich nicht

Worte spinnen und zerreißen
die Ewigkeit,
die sie verheißen

Entsprechung –
nicht Genauigkeit
ist das Ziel der Dichtung

Dichtung – die Sprache der Poesie;
Gedicht – die Poesie der Sprache

Die Stimme des Gedichts –
die Stimme eines
auferstandenen Wortes

Dichtung –
das unsichtbare Schauspiel
der Sprache

Ein vollendetes Gedicht
suggeriert eine Letztwilligkeit
seiner Worte

Deutungen zwingen das Gedicht, so zu bleiben, wie es im Buche steht

Das Gedicht ist im Gedicht
verborgen

Vollendet –
im Sinn aufgehoben

Das Gedicht –
des Wortes Rückzug in die Sprache;
ein Sprachgebild, darin alle Worte
verschwinden

Das Gedicht ist dann geglückt, wenn seine bessere Möglichkeit unzerstört in ihm enthalten geblieben ist

Kommt man mit einem Gedicht zum Wort, war es ein Glücksfall

Von der Sprache zu mir,
von mir in Wortnähe gebracht

Schon ist die Melodie zum Gedicht da
und noch kein einziges Wort

Den Worten nachgestellt
der Sprache nachgerückt
der Dichtung nicht verfallen

Das Gedicht,
auf seine Unübersetzbarkeit
zurückgeführt,
aufs Wort,
auf meins

einsilbig
zweischneidig
dreifältig

Nur Dichter sind so dreist
zu glauben,
sie könnten mit Worten
die Sprache sprechen machen

Die Sprache
spricht ihren Sinn
wörtlich aus

Der Dichter –
ein wortgetreuer Mensch;
kein Träumer,
ein Stratege
der Träume

Der Dichter
weckt das Wort,
auf daß es für ihn
weiterträume

Der Dichter
zu seinem Wort:
Ich will mit dir
nichts gesagt haben

Die Worte, die einem Dichter zufallen, erzählen ihm von ihrer Abstammung und von seiner Herkunft

Ein Dichter wird nie glauben, daß man das eine auch mit anderen Worten sagen kann

Ein Dichter muß über Dinge schreiben können, von denen er nichts versteht, denn nur ihm ist gegeben, von Dingen zu sprechen, die nicht zu verstehen sind

Das Richtige, und manchmal das Rechte, gibt uns die eigene Sprache ein, wenn ein Dichter uns beim Wort wie an der Hand nimmt

Des Dichters Lebenswerk:
das eine Gedicht,
auf viele verteilt,
von keinem vollendet

Das an dich gerichtete Wort
verliert mit dir seine Richtung

Die Dichtung
begleitet die Hoffnung
über die Zeit hinaus
und segnet das Zeitliche

Über das ganze Buch verstreut
suche dir das Gedicht zusammen

ÜBERSETZEN –
ENTFREMDEN

Die Brücke
macht beide Ufer betreten
Sahadutha

In der Sprache
gibt es nicht Genaues,
nur Bestimmtes

Unübertrefflich – genau;
genau – ohnegleichen

Auch Fantasie
hat ihre Anschauung
und sieht genau hin

Dichtung ist genau, was wir nicht meinen,
ist ungemeint genau

Der Dichter
schreibt unübersetzbar,
denn *er* will
verstanden werden

Der Übersetzer gibt sein Wort
und bleibt diesem treu

Nachdichtung –
das Übersetzte
im übertragenen Sinn

Der eine Übersetzer
ist dem Original treu,
der andere
seiner Liebe zu diesem

Wir begehren, das Fremde kennenzulernen, wollen aber zugleich ins Vertraute gezogen werden. Doch nur derjenige Übersetzer verdient unser Vertrauen, der das Fremde vor uns schützt und als Nichtvertrautes zugänglich macht

Jeder Übersetzer
vernichtet seine Vorlage
und erhebt zugleich den Anspruch,
deren hinterlassene Spur zu sein

Was in der Übersetzung veraltet,
bleibt auch im Original nicht ganz frisch

IM APHORISMUS
GEWINNT DAS UNHALTBARE
SEIN GLEICHGEWICHT

Was nicht trifft,
trifft auch nicht zu

Sahadutha

[...] es gilt genug,
dem Übermaß ein Maß zu sein.

Eugen Gottlob Winkler

Wenig sprechen,
das Wenige sagen,
nicht weniger als dieses Wenige
ausdrücken, und –
entsprechend schweigen

Vielsagend
heißt
klug geschwiegen

Was in Worten vorgeht,
findet in Sätzen statt

Auf den Punkt gebracht
ist es immer ein Satz

Der Aphorismus wiegt immer soviel wie der Punkt, auf den er zustrebt.
Dank diesem erscheint der Gedanke gut aufgehoben, doch kann er sich von ihm nicht mehr abheben.
Er wollte den Rahmen sprengen, nun muß er im Bilde bleiben: ein schnaufender Mitläufer des Punktes, auf den er hinauswollte

Im Punkt wird
die Tyrannei des Satzes
manifest

Der Beistrich
verteidigt die Hauptsache
im Nebensatz

Aphorismus –
des Satzes Vorsatz;
das kleine Wort gegen das große;
der Punkt auf seine Pointe gebracht

Aphorismus –
ein Wort in Sinn getaucht;
ein Satz, mit Kunde behaftet

Aphorismus – ein Satz,
der in Erinnerung ruft
und keine Ähnlichkeiten zeigt

Aphorismus –
die einzige Gattung,
die den Anspruch erhebt,
maßgeblich zu sein

Die aphoristische Regel:
handfest und federleicht

Es gibt Weisheit
und es gibt Spruchweisheit;
es gibt Sprüche
und es gibt Aussprüche

Der Aphorismus
nimmt den Widerspruch vorweg,
der Spruch setzt ihn voraus

Solange ich mir nicht widersprechen kann,
habe ich nichts gesagt

Aphorismus –
das Ausreißen des Wortes
aus seinem Zusammenhang;
die Nachdenklichkeit
des Vorausgesetzten;
der Sprung über die
Gleichung

Ein guter Aphorismus
ist von erschöpfender,
ein schlechter
von ermüdender
Kürze

Die Beschränktheit des Aphorismus –
seine Unreduzierbarkeit

Aphoristik –
Hochschule des Buchstabierens;
maßvolle Werklosigkeit

Gedacht – vollbracht;
der Rest ist
Leistung

Aus der Bereitschaft,
dem einen Satz
sein Lebenswerk zu opfern,
entsteht keine Literatur,
aber die Geistesart:
Aphoristik

Der Aphoristiker
spricht seinen Gedanken frei
und verfolgt ihn nicht

Der Aphoristiker
schenkt dem Glauben Gehör,
dem Zweifel Gleichgewicht

Der Aphoristiker
schiebt das Wort
über die Satzsperre hinaus

Der Aphorismus kann,
was keine Gattung vermag,
was selten ein Buch vollbringt:
Aufhebens machen
und aufheben

Überheblichkeit
ist die Grundhaltung des Moralisten,
ohne die kein Aphorismus glückt

Man glaubt, sein Leben frei erzählen zu können, und sieht sich genötigt, vom Leben anderer zu berichten. Die reine Autobiographie kann es erzählerisch nicht geben, nur aphoristisch

Es ist nicht klug,
weise zu sein

Weisheit –
das Vermögen
aufzuhellen,
ohne aufgeklärt zu haben

Man hofft auf Weisheit,
kann aber nur auf Dummheit bauen

Der Weisheit letzter Schluß:
Vermehren zählt nicht

Je kürzer der Text,
desto ungeduldiger der Leser

Kürze – Klarheit;
Länge – Erklärung

Die Länge – der Weg und die Schritte;
die Kürze – der Aufbruch und das Ziel

Die Vorzüge der Kürze:
sie erregt nicht Schwindel
und läßt sich nicht lange bewundern

Kürze hat
ihre eigene Evidenz,
die zum Glauben verführt

Weitläufige Erörterungen sind schon dem Streite verwandt

Balthasar Gracián

Nichts ist lang oder kurz, was recht und der Intention gemäß ist, und die Welt weiß schon abzukürzen, man braucht's ihr nicht zuvorzutun

Carl Friedrich Zelter

Das Wort –
der weite Weg;
der Satz –
die kurze Strecke

Das Wort –
die Botschaft,
der Satz –
der Bote

Das Wort –
die Trefflichkeit
des Satzes

Das Wort
wird in Erinnerung gerufen,
die Erinnerung
ist der Satz

Mit einem Wort erschaffen,
mit einem Satz verbucht

Mit einem Wort ergeben,
mit einem Satz ausgeliefert

Das Wort
sucht den Satz
und ist mit seinem Ursprung
und meinem Ziel
unterwegs

Ein Gedanke, der sich in einem Satz erschöpft, ist beschränkt; ein Gedanke, der sich auf einen Satz beschränkt, ist unerschöpflich

Im Wort empfangen,
im Satz enthalten

Im Satz gewogen,
im Wort geschätzt

Im Satz
kommt das Wort
zum Leben und zur Ruh

Worte –
die Sorgen
um den Satz herum

Nur im Satz
können die Worte streng genug
auseinandergehalten werden

In den Satz hineinschlüpfend,
entzieht sich das Wort
meinem Zugriff

Im Satz schließt sich ein Wortreigen, doch manchmal tanzt ein Wort aus dem Reigen heraus und sagt: »Hier bin ich« – und ist mit einem Satz verschwunden

ZITATE –
LAUTSTÄRKER

Auch zur Länge
gehört etwas Kürze.
Daher das Zitat
Sahadutha

Das Zitat
muß nicht passen,
aber glücklich gefunden sein
Sahadutha

Zitat:
Keim und Kern
des Denkbaren

Dichten,
die Zukunft
mit Zitaten belegen

Auch schlechte Verse
ergeben gute Zitate

Wirklichkeit
erschließt sich am einfachsten
zitatenweise

Mit Zitaten
beruhigt man sich über die Länge
und kommt über die Runden

Zitate
beleuchten unsere Lage
und setzen uns zugleich
in ein besseres Licht

Ein Zitat
ist immer Interpretation,
selten eine unglückliche

Zitierend
wissen wir,
was wir gern sagten

Mit zunehmender Ausweglosigkeit
werden Zitate
zur eigentlichen Poesie

Ein Dichter
kann sich selbst nur verlautbaren
und wiederholen,
nicht zitieren

Zitieren –
ins Nachleben rufen

Die Richtung des Zitats ist eine ihm eingegebene, nicht entnommene.
Diese bleibt unbekannt, bis sie Erinnerung hervorruft, Gesinnung erzeugt, Anstoß erregt. So wird wiederum ein Zusammenhang hergestellt, in dem das Zitat jede Fühlung mit Eingebung und Poesie verliert und, syntaktvoll geworden, sich gezwungen sieht, seines Verfassers zu gedenken

ZEILENBAUFÄLLIG ODER: ZUM VERWECHSELN, JEDOCH NICHT ÄHNLICH

Eine Lesung

Der Lyriker spricht von Zeilen,
der Prosaist von Seiten
Sahadutha

Freut mich, wenn ich schweigend
Sitz und Zeilen bau
Georg von der Vring

Verse immerzu, ich vertreibe sie, wie immer,
bis ich eine wirkliche Zeile höre
Anna Achmatowa

Ich besinne mich, will mich gern ausdrücken, raffe mein Abc, da kommen schon die Gedanken einher, in Sprache verpackt, mit Wortschleifen verschnürt, versandfertig, ich könnte sie gerade aufgeben – ich gebe sie auf

Dichtung aus Vorworten,
Prosa aus Vorsätzen

Die Zuhörer
werden gebeten,
in Beziehung zu treten,
nicht im Zusammenhang
stehenzubleiben

Der Ausklang
wird eingeläutet

Das Wort geht
in seiner Bedeutung unter

Denkt daran:
Die ersten Bundestafeln
waren
die zerbrochenen

Was immer
besser werden kann,
wird nie gut genug sein können

Und bewahrt euch die Erinnerung,
denn es wird alles anders kommen

Ein nachwortliches Geschlecht,
Urworte orphisch
fischend

Die Dissonanz gehört zu einer frohen Botschaft mehr als zum guten Ton; eine frohe Botschaft hält Wort, verträgt aber Stilbrüche. Könnte man zum Beispiel mit sich selbst durch dick und dünn, es wäre die vollendete Diät

Man könnte meinen,
würde man denken

Oder sollte man sagen

Augen zeugen Berichte,
Nase und Ohren auch

Wahngeschrieben,
wahrgenommen

Wenn die Ausnahme
die Regel nur bestätigt,
wozu die Ausnahme machen

Kleinkariert
und hochgestochen;
unbedacht,
doch wohlbeschirmt:
Wie der Gedankenkurs,
so der Wortwechsel

Ich tu das von mir Erwartete
auch dann,
wenn ich mich selbst
dabei überrasche

Rechtfertigen gilt nicht

»Nicht vollkommen sein wollen
heißt sündigen«,
sagt der heilige Hieronymus

»Was nützt es dir, zu fahren«,
sagt ein anderer,
»wenn deine Ladung nicht befriedigt?
Der, der dich erwartet,
wird deine ausgestandene Mühe
nicht würdigen«

Entfällt der Punkt,
beginnt der Stand zu schwanken

Wo es nichts Festes gibt,
sind Feststellungen vonnöten

Wo nichts geschieht,
wird viel erzählt

Sind Gedanken im Vormarsch,
tritt die Dichtung kleinlaut zurück

Keine Lehre
ohne Streitpunkt
und Fixstern

Wer übertreffen will,
muß übersehen können

Regungslos an ihren Ästen,
starren Eulen
sturen Wunsches
in den Tag hinein:
Athen!

Lieber Autor,
der du bei uns zu Gast bist:
Sei nicht gewinnend,
sei lohnend;
sprich zur Sache,
aber auch zu uns

Auch Bodenlosigkeit
hat ihren Grund

Auch das Unzeitgemäße
hat seine Stunde

Auch Unendlichkeit
wird auf den Punkt gebracht

Auch Unhaltbares
bleibt haften

Auch Faszinationen
verlieren
ihren Reiz

Auch Worte der Dichtung
sind nur Worte,
allein im Nur
unterscheiden sie sich

Auch das Gute
wird sein Gutes haben

Auch Lügen
werden wahrgenommen

Auch im Kleinen
muß man
überragend sein

Fällt man aber aus dem Rahmen,
bleibt man nicht im Bild

»Ein gutes Gedicht,
einige schöne Zeilen ...«

Ist das Gedicht
nur die paar Zeilen,
die man in ihm findet,
wenn man schlecht gelaunt ist
oder gut gesucht hat

»Sein erstauntes Lob einer einzigen Zeile in meinem ersten Gedichtband wog schwerer als die Würdigungen aller Rezensenten –«, schreibt Michael Hamburger von Franz Baermann Steiner

»Zählzärtlichkeit des hübschen Zeilenwissens«

Wie viele Gedichtbücher muß man schreiben oder wie vielen Zeilenrichtern vom Schlage Steiners begegnet sein, um sein Glück als Dichter machen zu können?
Könnte man von einem Satz etwa sagen, es gäbe in ihm ein paar brauchbare Wörter?

Dichter sein – in jeder Zeile;
Wort für Wort –
nicht zwei für eins

Ich wollte nicht Zeilensparsamkeit treiben, wohl aber mir das Lob der ›schönen Zeilen‹ sparen

Die schöne Zeile des Gedichts
vermochte ein Dichter noch nie
für sich zu behalten

Einsilbigkeit
ist hinlänglich genug

Wer das Wort ergreift,
ergreift nicht wenig

Um sich des einen Worts zu versichern, muß man es – vom Schimmer bis zum blauen Dunst – enthimmeln.
Verstaubte Worte sind schon vom Staub her poetisch – »du sammelst den Staub aller Orgelworte« –, solange sie das bleiben, taugen sie für die Dichtung nicht

Silben-
bestechung

Vergleichgültigung
des
Natürlichen

»Man kann die Poesie
nicht gering genug schätzen.«

Altpapierworte,
zeitpunktiert

Kurz
und nicht bedauernswert

Dichtung –
das Wort,
unter Abzug des Wörtlichen

Dichtung –
der Einfall in die Sprache;
Sprachentführung;
die Beute
ausgehungerter Wörter;
der letzte und reinste Ausdruck
alles
Entbehrlichen

Nackt
wie das erste Gedicht
vor seiner Einsilbigkeit,
fallen die Worte
von der Sprache ab

Was an der Sprache
Sprache bleibt,
verdanken wir
den Dichtern

ICHMANDU
ODER:
WIR, UNTER UNS

Wir sind dazu verleitet,
einander zu führen

Sahadutha

Wir wollen
von uns sprechen;
können wir das

Wir wollen
voneinander nichts wissen,
aber möglichst
viel erfahren

Wir lassen
uns leichter erschüttern
als bewegen

Wir kommen zur Welt,
nicht um uns,
sondern um sie zu verändern

Wir erkennen
das uns Nötigende eher
als das uns Nötige

Wir sind
nur beschränkt:
wir haben alle
überschreitbaren Grenzen
in uns

Wir suchen
ein Paradies,
das nicht wir verloren haben

Wir haben
innen unsere Lustgärten,
außen unsere Luftschlösser

Wir träumen vom Paradies
und verschlafen darüber
Himmel und Erde

Wir leben abwechselnd
im Irrtum und im Glauben

Wir verteidigen
unsere Fehler ein Leben lang
und müßten sie doch
nur einmal bereuen

Wir haben
keine Zeit,
nur volle und leere Tage

Wir haben
keine Wahl,
denn wir müssen wählen

Wir haben
die besten Anwälte,
nur die Instanz,
vor der wir vertreten werden könnten,
fehlt

Über kurz oder lang
tauschen wir unser Leben
gegen unsere Lebensgeschichte aus

Wir sagen:
»Es muß anders werden!«
und eben sagten wir noch:
»Es mußte so kommen!«

Zukunftsmüd
eilen wir unseren Erinnerungen
entgegen

Unser Leben vergeht nicht,
es verläßt uns

ALLES UNENDLICHE
IST AUSDRUCK
DES BEDAUERNS

Das Heute
ist von Ewigkeit,
doch nicht von heute
Sahadutha

Kommt Früher nie wieder?
Benjamin Weinrich

Verloren ist die Zeit,
die nicht vergeht
Paul Koppel

Das Leben
ist eine Geschichte,
man muß sie gut erzählen können,
um gelebt zu haben

Am Anfang der Geschichte
steht die eigene

Geschichte –
das ausgestandene Geschehen;
Erzählung –
die eingestandene Geschichte

Geschichte –
die Zeit,
die über Leichen geht;
die erzählbare
Dauer

Erzählen –
die Geschichte hinhalten

Im Erzählen
wiederholt sich das Geschehen
als Ereignis

Auch Geschichte
muß auf ihre Zeit warten;
auf ihren Erzählstil

Das Leben will belebt,
die Seele beseelt,
der Geist
begeistert werden

In Gottes Namen – Geschehen;
in unserem – Geschichte

Realität ist
die faßliche Umschreibung
eines Daseins

Der Anteil der Sprache
an jedem Geschehen
ist unergründbar

Der Geist ist seine eigene
Wirkungsgeschichte

ANDERSGLEICH
ODER:
NACH BESTEM WISSEN
UND GEWISSEN

Die Wissenschaft hat das Sagen, die Poesie das Wort

Paul Koppel

Wissen ohne Glauben
ist unzulänglich,
denn man glaubt zu wissen

Zweifel
betreffen nur,
was man zu wissen glaubt:
nicht das Wissen,
nicht den Glauben

Im Wissen
erhalte ich Kunde,
im Glauben
bezeuge ich mich

Wer wüßte nicht gern,
was er zu wissen glaubt

Der eine ist mit Wissen gesegnet,
der andere ausgerüstet

Ich weiß, was mir fehlt,
doch erst das Fehlende
kann mir dieses Wissen bestätigen

Bei mir
kann ich nur verweilen,
nicht stehenbleiben

Wissen
heißt bereits
eingreifen

Wissen
ist endend und wendend

Wissen –
das höchste Gut
auch des Bösen

Wissen
ist nicht weniger erschütternd
als Glauben

Das Wissen
von Gott
ist grenzenlos
beschränkt

Das Wissen
vom Wissen
ist Wissen

Das Nichtwissen
wird durch Wissen ersetzt
oder erweitert

Form –
das abschließende Wissen

Gewissen –
eine
Gedächtnisfrage

»Mit gutem Recht«,
das ist schon
mit schlechtem Gewissen

Das Gewissen bekundet sich
im Ungewissen

Gewissen ist eine Tat,
keine Tatsache

Das Gute
ist eine vom Bösen
geschützte Zone

Das Gute warnt vor dem Bösen,
das Böse verspricht Gutes

Das Böse
ergründet nichts,
zerstörend
kommt es auf den Grund

Kritik darf vernichten,
aber nicht verkleinern

Wer das Gute nicht tun kann,
tut sein Bestes

Man kann leichter sagen,
was gut am Schlechten,
als was gut am Guten ist

Erzählen –
das Schlechte aus sich holen,
sein Bestes daraus machen

Erzählend
wird eine Last abgetragen,
eine Schuld verteilt

Kritik hat zu zeigen,
daß auch das Gute
unverbesserlich ist

Die Schuld
ist dein,
wo du sie nur erblickst

Schuld ist unteilbar,
darum kann man sie
auf sich nehmen

Keine Unschuld ist denkbar,
die vermöchte,
schuldlos zu sein

Schuld nimmt nicht ab
und läßt sich nicht abnehmen

Die Wirklichkeit
läßt sich nicht befragen,
nur verantworten

Recht behalten –
Gerechtigkeit verhindern

Was du bist,
kann niemand sonst sein:
daher deine Verantwortung

FRAGLICHT

Die ersten Fragen des Menschen
betreffen immer die letzten Dinge

Sahadutha

Alles nimmt seinen Lauf
und geht seinen Weg,
bis wir
es in Frage
stellen

Das Denken
stellt das Gedachte,
der Glaube das Geglaubte
in Frage

Erst wenn alles andere
in Frage gestellt ist,
läßt sich
der Eine
außer Frage
erblicken

Existenz:
das Leben
in Fragestellung

Fragen zielen auf den Sinn,
den sie zu tragen begehren

Die Frage nach der Wirklichkeit
ist eine an die Fantasie

Antwort –
die Ergiebigkeit der Frage

In der Antwort
liegt die Fragwürdigkeit

Nur Fragen
kann man verantworten

Würde ich den Grund meines Fragens kennen,
ich verlangte nicht nach Antwort

Beunruhigende Fragen
verdienen beunruhigende Antworten

Die großen Fragen
sind nur ohne Antwort groß

Die Antwort
gehört
dem Fragenden

Laß dir deine Frage nicht nehmen,
deine Antwort nicht abnehmen

Was außer Frage steht,
kommt niemals in Betracht

Auf deine Frage gibt es nur deine Antwort: du kennst sie auch, und doch mußt du um sie bitten

In Frage gestellt,
läßt sich auch Gott
nicht verleugnen

Er nahm Abels Spende an
und würdigte ihn keines Worts,
mit Kajin aber sprach er.
Abel fand Gefallen bei Ihm,
Kajin Gehör.
Gott schätzt den Fragenden

Im Fraglicht stehend,
vernahm Hiob die Stimme,
deren Nachhall er geworden ist,
da er sprach:
»Mib^{e}sarí echesé Elohá«
(19, 26) –
Unter meiner zerfetzten Haut
schimmert mir Gott entgegen

In seinem Elend fordert Hiob
Gott zur Antwort auf –

»Deine Frage ist berechtigt«,
sagt Gott zu ihm,
»bist du aber berechtigt
zu dieser Frage«

Es gibt mehr Antworten als Fragen, darum muß jede Antwort immer wieder in Frage gestellt werden.
Es fehlt uns etwas, das nicht Antwort ist. Das ist lange die Dichtung gewesen; das Fraglose, dessen man bedurfte als Echo, nicht als Antwort

Warum fragst du nach meinem Namen, spricht der Engel, warum fragst du. Es ist nicht verboten, ich aber bin deine Fraglosigkeit, dein erster Name. Laß deine Augen Augen sein. Denn was du im Blick behältst, ist das Größte

Was nach allen Antworten bleibt,
ist
die Frage

WAHRHEIT
ERREGT SCHWINDEL

Und der Janus:
Das heißt zwei Münder haben,
und merk dir:
beide sagen die Wahrheit.

Balthasar Gracián

Wahrheit hat immer
alle Wahrscheinlichkeit
gegen sich

Im Erweisen ihrer Richtigkeit
entzieht sich uns die Wahrheit

Das Richtige
ist nicht das Wahre,
nur die bessere Sicht darauf

Das Eine
ist nur des Andern wegen wahr

Für eine neue Wahrheit
spricht das Neue,
nicht die Wahrheit

Die nackte Wahrheit,
die anziehende

Wahrheit spricht nicht,
sie zündet

INS LEBEN GERUFEN
UND DEM RUF
NICHT GEFOLGT

Das Leben wird erfüllt
oder vollzogen

Sahadutha

Wir kämen mit dem Leben an das Sein heran, würde
die Sprache nicht zwischen ihnen beiden stehen

Alles Leben heißt Sprache;
die Existenz ist stumm,
sie heißt Tod

Das ganze Leben ist in diesem
und auch das Jenseits ist hier.
Hier gibt es alles,
denn es gibt uns.
Doch wir neigen zum Ausbleiben
und gehen aus

Das Leben
findet hier sein Ende,
nicht jedoch sein Ziel

Das Leben
muß abgegolten,
nicht belohnt werden

Das vollkommene Leben,
das sich
abspielende

Auf Erden
wird nur das Vorurteil
gesprochen

Das Leben ist dein,
der Tod unser

Du kommst ins Leben ungefragt,
nicht unberufen

Die Unsicherheit deines Lebens –
dein Nichtleben darin

Dein Leben,
die Einstimmung eines Ausklangs;
die Erinnerung derer,
die dich liebten

Das Leben ist deins,
sofern es sich durch dich
verteidigen läßt

Im Lebenslauf
ist jede Strecke
eine vorläufige

Kein Leben
vermag seine Gegenwart
auszufüllen

Bis die Konsequenzen gezogen werden,
sind die Folgen schon lange da

Ein tapferes Leben,
ein nicht folgerichtiges

Was das Leben
auf Erden erschwert,
ist sein Schwebezustand

Witz erschließt
das Ausgeschlossene

Was über das nackte Leben geht,
ist bloß gelebt

Vollendet leben –
sein Mögliches
möglich sein lassen

Die Gewohnheiten des Lebens,
die Einrichtungen des Todes

Der Tod leitet ein,
was das Leben ausführen müßte

Wir haben das Leben,
der Tod hat uns

Solidarität entsteht
um den Tod herum –
oder gegen ihn

Wie soll uns das Leben wert genug sein, lassen wir doch alles durch den Tod verewigen

Wir bleiben
uns ein ganzes Leben lang
ein ganzes Leben
schuldig

Wir könnten das Leben verändern, hätten wir für diesen Wunsch andere Ursachen als Tod und Auferstehung

Was Jahre
tun und lassen,
macht das Alter aus

Im Alter
wird auch die Hoffnung
nachlässig

Ewigkeit –
die säumende,
alles Versäumte
in sich sammelnde
Zeit

Was sich
verewigen läßt,
ist des Todes

Der Tod
treibt durch uns
seine Blüten

Der Tod
kann uns nur lebend
gebrauchen

Im Leben anders,
im Tode verschieden

Für meinen Tod würde ich mein Leben nicht lassen,
allein für unseren

Ist die Zeit vorbei,
geht das Leben
noch ein Stückchen mit

Körper: »Laß mich leben«
Seele: »Wenn du mich sterben läßt«

Wer sich das Leben nimmt,
wollte es haben

SELBSTBILDNISSE

Wohin man sich begibt,
dahin wird man begabt
Sahadutha

Wie man sich denkt,
so stellt man sich vor
Sahadutha

Meine Rolle,
deine Vorstellung

Ich und du –
das ist schon
Diesseits und Jenseits

Im Widerspruch
zu sich selbst
beginnt der Dialog

Wer unberührt bleiben will,
muß sich fassen lassen

Ich lebe woanders,
erwache nur hier

Was ich
von mir weiß,
weiß ich vom Hören
und vom Sagen

Eine Trauerkerze
weihte mich
in die Sonne ein

Berühre ich die Erde,
begreife ich den Himmel

Was mich
ausschließt,
macht mich erst möglich

Alles in mir
und nichts davon
in meiner Hand

Ich könnte
über meine Sprache verfügen,
würde ich durch sie
nicht außer mich geraten

Ich bin
der Sprache Werk
und Zeuge

Nicht nur durch mich,
auch mit mir kommt etwas
zur Sprache

Je tiefer
ich in den Spiegel dringe,
desto gründlicher
verwandeln sich meine Freunde

Brechen meine Erinnerungen aus,
bin ich meines Lebens
nicht mehr sicher

Hätte ich
meine ganze Vergangenheit vor mir,
es wäre eine schöne Zukunft

Ich hatte immer Glück
und war auch darin erfolglos

Mein Ziel
weist von mir weg

Meine Gedanken –
das Gras,
das ich wachsen höre

Meine Grenze –
meine Anstößigkeit

WIRKLICH IST,
WAS SICH TRÄUMEN LÄSST

Traum und Gebet: Fauna und Flora der Seele

Sahadutha

Wirklichkeit
geht nicht auf,
einzig der Traum
geht in Erfüllung

Kein Traum
kann schöner sein
als das Leben,
das ihn möglich machte

Am Traum ernüchtert
die Illusion

Bin ich schwankend
vor meinem Traum,
hilft mir auch
die beste Deutung nicht

Der Traum
ist mein Versucher
und Richter zugleich

Mein Gebet –
mein Gnadengesuch

Beten,
den Tag wecken,
mit ihm in das Licht
steigen

Beten,
mein Wort
für die Welt einlegen

Beten
adressiert das Sein

Betend
leisten wir unserer Seele
Gesellschaft

Beten
ertönt aus allen Ecken,
hallt in allen Kreaturen nach,
umgreift die ersten Seufzer
und die letzten Dinge
und verläßt
auch den Verlassenen
nicht

Gott hängt an unseren Lippen,
wenn wir beten

Credo

ER
ist mir nicht gegeben
und kann mir nicht
genommen werden

Er
ist mit mir
auf der Suche
nach Ihm

Er
hat mit mir etwas vor,
und das ist
meine
Zukunft

Auf dem Weg zu Ihm
verliere ich meinen Glauben;
so bleibe ich auf dem Weg

Ich kann meinen Glauben
nicht von mir überzeugen

Wird mein Glaube zweifelhaft,
bekümmert er sich um Gott

PARADIESSEITS

Es kommt mein Herbst auf seinen grünen Zweig

Lazarus Trost

fließend
bei leib und seele
unentrinnbar

mit haut
und haar
paradiesseits:

hiersinnig
bloßgelebt

uns ist nichts gegeben,
es gibt nur uns –

ein lied
aus ton und erde

ergeben,
ergiebig,
eine gegebenheit

was mit uns geschieht,
endet ohne uns

was zur liebe gehört,
macht sie nicht aus

auch schafft es niemand,
mit vollen händen zu kommen
und nicht leer auszugehen

es kommen hinzu:
das weichen der nähe
vor der gegenwart;
die flucht vor der berührung
in die umarmung

wir haben alle zeit
für unsere zeit,
und mehr gibt es nicht

in einem zustand der entrückung
erhebt sich das naheliegende
und tritt mir vor augen

hell- und dunkelhörig
immerdar
immergrün
eva, efeu

du bist,
und doch macht erst die liebe
dich möglich

wenn du mir zugrunde liegst,
geh ich gern zugrunde

die liebe erhebt
den ihr verfallenen

man hat keinen erfolg,
wenn man glück hat

liebe aber hat ihr jenseits
am eigenen leib

unser traum –
das einfallstor unseres feindes;
wir sind gewarnt

das wissen von der seele
ist das nach ihr trachtende

wir können einander
nicht mehr geben,
als wir füreinander
übrig haben

erst das sinnliche,
dann die besinnlichkeit

der lebenslauf
verträgt keinen würdegang

und niemand verdient
eine größere liebe,
als er zu wecken versteht

ausgeschüttetes herz,
ausgegossene nacht –
verworden

verlegen,
abseits von sich selbst
brachlieben;
ungeschehen machen

jede liebe
kennt ihre nachtwandlung
und ihr morgengrauen

wo zwei stehen,
ist scheideweg

aber erst zwischen uns beiden
gewinnt der abgrund seine tiefe

man kann ohne wunsch sein,
nicht ohne verlangen

im verlangen
verwünscht sich
die sehnsucht

sehnsucht –
beflügelte lähmung;
die nach vorn gebeugte
erinnerung

dem wort,
dem lang gehaltenen,
der heißen wange
und der kalten schulter,
dem stolz –
im warten
auf den knaben chanan'el –
widerstehen

und nichts von alledem
gedicht werden lassen
und nicht
scheiterhoffen

bist du gegangen,
könntest du immer noch kommen;
selbst dein ausbleiben
wäre aussicht darauf

trennung ist einschneidend,
doch nur der abschied schmerzt

schmerz –
zerreißprobe der seele

niedergeschlagenheit,
das ist,
wenn man aufhört,
mit sich selbst zu sprechen

keine liebe währt so lange
wie ihre geschichte
und die geeignetste form,
seine liebe zu überleben,
ist die enttäuschung

ausgelebt und immer
noch nicht ausgeträumt

auch fantasie
schränkt das maß
des wirklichen ein

ein reines gefühl
wäre schon
ein klarer
gedanke

ich höre,
wie sich meine schritte
von mir entfernen;
ich muß wohl
stehengeblieben sein

die blicke
nach innen verscheucht,
wie wenn ich
außer mir wäre

ob meine jahre
mich noch gut kleiden

ALLE SIEGE
WERDEN DAVONGETRAGEN

Was du nicht verhinderst,
das hast du
geschehen lassen
Sahadutha

Deine Schmach
kannst du rächen,
deine Wunden nicht
Sahadutha

Frieden klingt
wie Landeslinderung,
wie Lindenland,
wie Nadelind –
herzstechend

Kriege gibt es überall dort,
wo für den Frieden
gekämpft wird

Mit friedlichen Vorstellungen
läßt sich ein Krieg
nicht verhindern

Krieg,
Unversiegbarkeit

Frieden gibt es nur dann, wenn die Menschen nicht bloß gegen den Krieg, sondern auch gegen das Siegen sind

Ließen sich Triumphe besiegen,
es gäbe keinen Krieg

Jenseitsgedanken
sind ein Friedenschließen
mit dem Tod

Nach dem Krieg werden Fragen der Moral zu Fragen der Ästhetik

ALLE SÜNDEN
SIND VERGEBENS

Das Paradies ist schon deshalb der Sehnsucht wert, weil in ihm die Sünde Sünde war und kein Verbrechen

Sahadutha

Das Herz des Sünders
ist das Auge Gottes

Mit der Sünde
wächst der Anspruch an Gott

Mit der Sünde
kommt man hart
an Gott vorbei
und nur knapp
mit dem Leben davon

Kleine Sünden
bedürfen der Buße,
große der Verzweiflung

Der kleine Sünder
sucht den Anwalt,
der große findet den Richter

Solange man sich versündigt,
ist man noch auf dem rechten Weg

Nur die reine Liebe
kennt die heiligsprechende Sünde

Sünde –
der Ohnmachtszustand,
aus dem man noch erwacht,
aber nicht mehr zu sich kommt

ERLÖST –
AUSGEHEILT

Hoffnung
kommt über Erwarten
Sahadutha

Jeder kann Messias werden,
keiner Erlöser sein
Sahadutha

Sein –
in Erwartung sein

Man kann nicht erwarten
und hoffen zugleich

Werden die Erwartungen enttäuscht,
gibt es Hoffnung

Die Erwartung
gilt dem Kommenden,
die Hoffnung
dem Ausbleibenden

Messianismus:
die Hoffnung in Erwartung

Wie soll erfüllt werden,
was mit Erwartung
schon voll ist

Das Kommen des Messias –
das schrittweise Abnehmen
der Zukunft

Der Messias
kommt wie geschrieben,
nicht wie gerufen

Mit jeder Enttäuschung
rücken wir
unserer Hoffnung näher

Solange
ihr auf mich wartet,
sagt der Messias,
bin ich im Kommen

Der Kommende zwingt uns,
in Erwartung zu sein,
die Hoffnung aber
läßt uns sitzen

Im Kommen verhindert,
harrt er
seiner Erlösung

Ich werde nicht kommen,
spricht der Messias,
ihr aber wartet auf mich,
denn solange ihr wartet,
werdet ihr bleiben

Hoffnung
macht gegenwartslos

Hoffnung –
die entfesselte Erwartung;
die Kraftprobe der Ohnmacht;
ein im Nu erlöschender Einblick

Hoffnung
schafft das Ausbleibende

Hoffen,
sich überleben

Solange man hofft,
glaubt man zu leben,
und solange hofft man

Hoffen heißt glauben,
daß man lebend
mit seinem Leben
davonkommen kann

Die Hoffnung
geht immer auf:
in Gottes Erbarmen

Ein Traum
von der Seligkeit:
Gott selbst nimmt mir
die letzte Hoffnung

DAS GEDÄCHTNIS HÄLT DIE ERINNERUNG NICHT AUS ODER: DAS GEWICHT DES AUSBLEIBENDEN

Das Vergessen
deckt das ganze Menschengedenken
und hütet es

Lazarus Trost

Die Erinnerung hält ein,
was das Vergessen verspricht

Sahadutha

Je mehr ein Mensch vergessen kann,
desto mehr Wandlungen
kann sein Leben durchmachen;
je mehr er des Erinnerns fähig ist,
desto göttlicher wird sein Leben

Søren Kierkegaard

Am ersten Fantasiebild
befestigt sich
die Erinnerung

Gedächtnis – ein Vermögen;
Erinnerung – ein Schatz

Das Gedächtnis gibt Auskunft,
die Erinnerung Antwort

Erinnerung
macht vergessen

Das Gedächtnis nimmt ab,
mit den Jahren
verfetten die Erinnerungen

Erinnerungen –
Abenteuer des Gedächtnisses

Gegenwärtig –
in Erinnerung gerufen

Erst in seinen Erinnerungen
ist man bei sich

Erinnerungen –
Selbstumarmungen

Erinnerung –
vorläufiger Rückblick;
des Gewissens
Gewißheit

Erinnerung –
das sich hier ansammelnde
Jenseits;
des Menschen
längster
Schlaf

In der Erinnerung
fordern die Toten
unser Leben

Erinnerung –
die Einbildung
der Zukunft;
die nachwachsende
Anschauung;
die Gewichtigkeit
des Ausbleibenden;
die leuchtende
Spurlosigkeit;
die Idee vom eigenen,
undenkbaren
Tod

Mit der Erinnerung geben wir den Toten ihre Nahrung, mit der Sehnsucht entziehen wir sie ihnen wieder

Versäumte Gedanken
werden in Erinnerung gedacht

Die Erinnerung blüht,
wo die Kränze welken

Einsamkeit –
des Gedenkens Ausmaß

AUF DER HÖHE SEINER ZEIT
IST MAN EINE STAUBWOLKE

Man kann sich vergänglichen,
wie man sich vergegenwärtigen kann

Worthaltung

Kein Interesse
für seine Zeit –
keine Zeit für sein Interesse

Zeitlos,
lieblos

Wer mit der Zeit geht,
ist rasch zu Ende

Was auf seiner Zeit beruht,
findet Ruh in seiner Zeit,
auch die letzte

Versäumnisse
haben ihre eigene
Zeitrechnung

Verschollene Gedanken
tauchen als Melodien
wieder auf

Ein feuriges Wort
hält sich über Wasser

Zukunft –
die auf den Morgen
folgende Erinnerung

Das Ausbleiben der Zukunft
im Augenblick
heißt Gegenwart

Zukunft
hat man in sich,
nicht vor sich

Zukunft
ist nur im Sterblichen
ansprechbar

Zukunft
kann nicht abgewartet werden,
sie muß, wenn sie kommt,
schon ausgewartet sein

Zukunft
stellt sich ein,
wo immer Abschied genommen wird

Vergänglichkeit –
die Majestät der Zeit,
die Melodie der Dauer

Vergänglichkeit –
Gottes ewiger Fluß,
in dem wir das Schwimmen lernen

Vergänglichkeit –
das einzige Kontinuum,
das wir kennen

Das Wirkliche
schließt das Bleibende aus

Die Dinge
liegen im Augenschein

Das Treffliche
ist nicht zu erzielen

Den Himmel
unter Denkmalschutz gestellt,
die letzten Dinge ausgemacht,
die Sprache ausgeblasen
und davon

Ein heiliger Schein,
im Staub sich wälzend,
aus dem Staub sich machend
und dahin

Des Aufhebens zu leicht,
wünscht sich das Wort,
wieder fallengelassen
zu
wer
den

Glücklich der Mensch,
dessen Sprache
ihm die Treue hält

Sein Wunsch,
er möge im Tod
das ewige Leben finden,
ist des Menschen
unsterblicher Witz

In einer langen Tradition stehend,
darf ich endlich sitzen

ZITATNACHWEIS

Nicht seine Evidenz,
seine Zitierbarkeit
ist die Seele des Satzes

Sahadutha

Wahre Sätze kommen schon als Zitate zur Welt und können nicht oft genug widerlegt werden; sie sind des Bleibens Bleibe

Das andere Ende

S. 5 »Wem macht es nicht Kummer« – Lope de Vega, zitiert nach: Hilde Domin, Gesammelte Essays. Heimat in der Sprache. München/Zürich 1992, S. 134

S. 5 »Die Feder in Schamröte getaucht« – Lazarus Trost, Im Turm. Dresden, Pierson 1889, S. 32

S. 8 »Staub, auf dem Staube wohnend« – Des Heiligen Ephräm des Syrers Reden über den Glauben – Sermones de fide (I,167), übersetzt von Edmund Beck. Louvain 1961, S. 7

S. 34 »Der ganze Mensch [...] ist Poesie geworden« – J. H. Jacobi, Allwills Briefsammlung, in: Ders., Werke I. Leipzig 1812, S. 178

S. 68 »Wenn du mir nur zu denken gibst« – Lazarus Trost, a.a.O., S. 90

S. 76 »... lehrt und beschreibet nicht!« – Friedrich Hölderlin, An die jungen Dichter, in: Ders., Sämtliche Werke. Hrsg von Friedrich Beißner. Frankfurt a. M. 1961, S. 188

S. 76 »Was haben wir von der Vollständigkeit« – Ricarda Huch, Der Sinn der Heiligen Schrift. Leipzig 1919, S. 155

S. 118 »Weitläufige Erörterungen sind schon dem Streite verwandt.« – Balthasar Graciáns Hand-Orakel und Kunst der Weltklugheit. Aus dessen Werken gezogen von Don Vincencio Juan de Lastanosa und aus dem spanischen Original treu und sorgfältig übersetzt von Arthur Schopenhauer. (Nachgelassenes Manuscript). Leipzig 1862, S. 154 (Par. 239)

S. 118 »Nichts ist lang oder kurz« – Carl Friedrich Zelter, Selbstdarstellung. Hrsg. von Willi Reich. Zürich 1955, S. 260

S. 130 »Freut mich, wenn ich schweigend« – Georg von der Vring, Zuvor, in: Ders., Kleiner Faden blau. Gedichte. Hamburg 1954, S. 7

S. 130 »Verse immerzu, ich vertreibe sie« – Anna Achmatowa, Aus dem Tagebuch (24. Dezember 1959), in: Dies., Vor den Fenstern Frost. Gedichte und Prosa. Übersetzt von Barbara Honigmann und Fritz Mierau. Berlin 1988, S. 22

S. 143 »Sein erstauntes Lob einer einzigen Zeile« – Michael Hamburger, Zwischen den Sprachen. Essays und Gedichte. Frankfurt a. M. 1966, S. 32

S. 143 »Zählzärtlichkeit des hübschen Zeilenwissens« – Franz Baermann Steiner, Leser im Regen, in: Ders., Unruhe ohne Uhr. Ausgewählte Gedichte aus dem Nachlaß. Mit einem Nachwort von H. G. Adler. Heidelberg 1954, S. 48

S. 145 »du sammelst den Staub aller Orgelworte« – Hermann Broch, Für das Haus des Mesners, in: Ders., Gedichte. Hrsg. von Erich Kahler. Zürich 1953, S. 80

S. 146 »Man kann die Poesie nicht gering genug schätzen« – Novalis, Schriften. Erster Band. Hrsg. von Paul Kluckhohn und Richard Samuel. Stuttgart 1960, S. 335

S. 158 »Verloren ist die Zeit« – Paul Koppel, Im Hinblick. Ein- und Aussichten. Wiesen 1997, S. 17

S. 164 »Die Wissenschaft hat das Sagen« – Paul Koppel, a.a.O., S. 62

S. 186 »Und der Janus ...« – Balthasar Gracián, Critikon/Oder/Über die allgemeinen Laster der Menschen. Deutsch von Hanns Studniczka. Hamburg 1957, S. 139

S. 220 »Es kommt mein Herbst« – Lazarus Trost, a.a.O., S. 18

S. 254 »Das Vergessen deckt das ganze Menschengedenken« – Lazarus Trost, a.a.O., S. 25

S. 254 »Je mehr ein Mensch vergessen kann« – Søren Kierkegaard, Tagebücher. Ausgewählt und übersetzt von Elisabeth Feuersenger. Wiesbaden 1949, S. 156

S. 278 »Der Künstler kann, was der Logiker nicht vermag« – Georg Simmel, Fragmente und Aufsätze aus dem Nachlaß. Hrsg. von Gertrud Kantorowicz. München 1923, S. 8

S. 278 »Zu den Aufgaben der Zukunft wird es gehören« – Johan Huizinga, Wenn die Waffen schweigen. Die Aussichten auf Genesung unserer Kultur. Basel 1941, S. 192

INHALT

Der Künstler kann, was der Logiker nicht vermag: einen Begriff an Umfang zu erweitern, ohne daß er an Inhalt verliert.

Georg Simmel

Zu den Aufgaben der Zukunft wird es gehören, einige Wörter und Begriffe, welche die falschen Propheten der Gegenwart in den Staub gezogen haben, in Ehre und Würde wiedereinzusetzen.

Johan Huizinga